KB274962

내 프러포즈를 받아줄래?

꽃도둑 백은하의 러브레터

내 프러포즈를 받아줄래?

글·그림 백은하

예담

나는 너와,

나누고 싶어.

마음을,
빵을,
사랑을.

혼자 자전거를 타는 것도 즐겁지만
널 기다리는 나른한 오후를 갖고 싶었어.

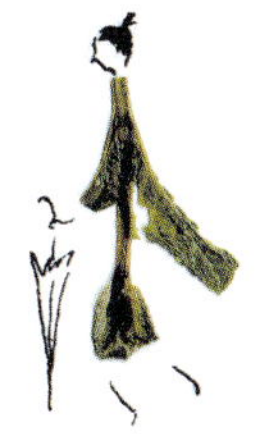

비가 오는 날엔,
네가 흠뻑 젖어 있으면 좋겠어.
내가 우산을 들고 나갈 수 있게 말야.

나는 단체모임을 싫어하지만
운동회 때 네가 뛴다기에 나도 참가했어.
왼쪽에서 네 번째 있는 사람이 나.

줄넘기를 할 땐 너를 구경하고 싶어서
벤치에 앉아 있었지.
아이처럼 몰입하는 널 보는 게 즐거웠어.

너처럼 공놀이를 열심히 하던 사람,
배구는 물론이고
족구를 할 땐 신발까지 날리던 사람,
그게 나였어.

자꾸 두리번거리는 습관이 생겼어.
네가 혹시 여기 어디 있을까.

근사한 옷을 입은 날,
그런 날, 우연히 마주치면 얼마나 좋을까!

너와 길에서 만나면
하이!
태연하게, 명랑하게 인사해야지.

거울을 보며 많이 연습했어.
하이?
하이!
하이……

그러다 머리도 안 감고
흙투성이 운동화를 철퍼덕 신고 나간 날
우연히 너를 만났을 때
내 목은 자라처럼 자꾸 들어갔지.

그래도…
괜찮아, 잠깐 함께 있었잖아.

전엔 조급했지만

지금은
햇살이 당연한 것처럼
바람이 지긋한 것처럼

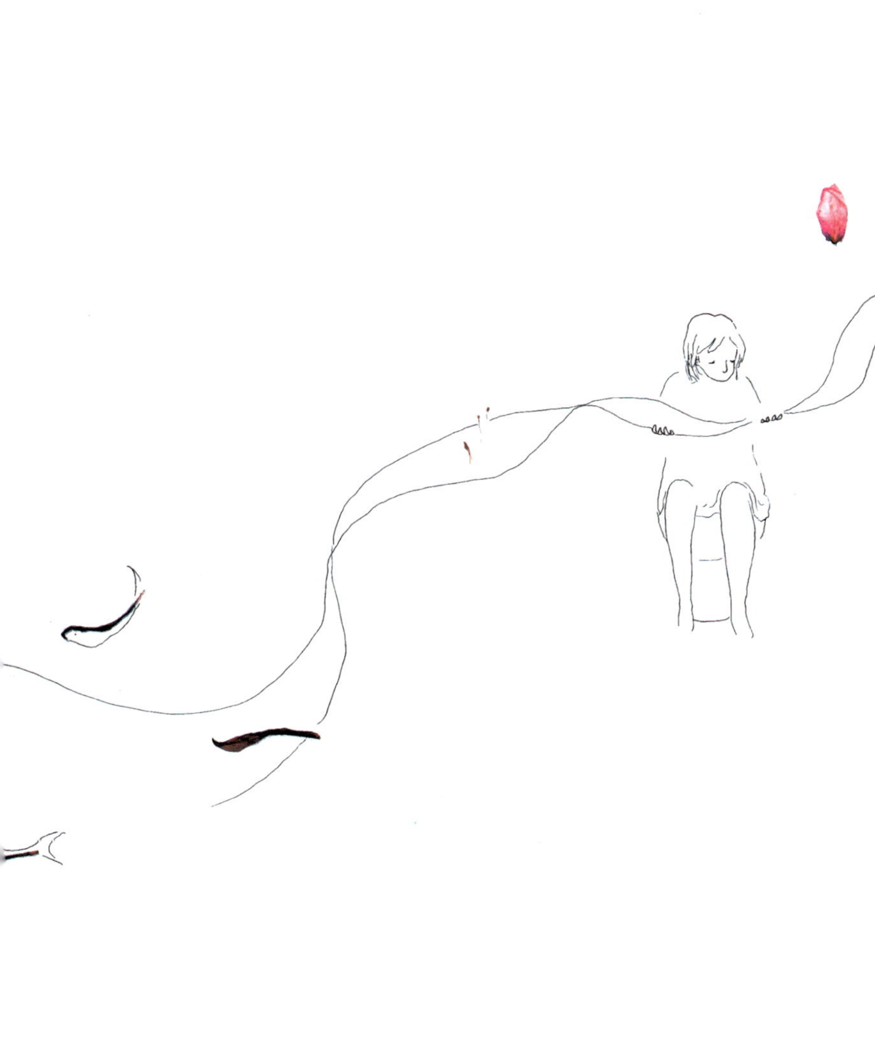

우리는 만날 것 같아.

하늘에 은하수가 있는 것처럼
바다에 물고기가 있는 것처럼

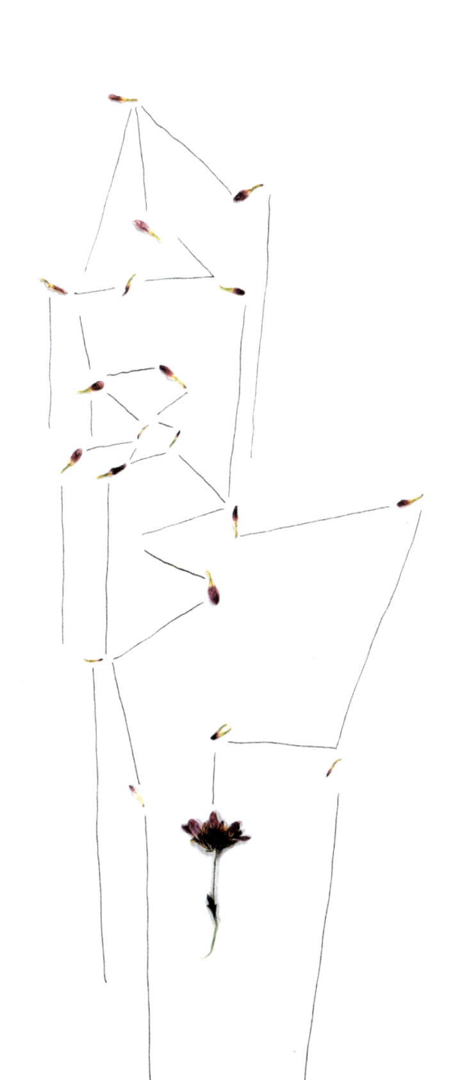

걸음이 빠르던 내가
너처럼 여유있게 걷게 되고
산만하게 이것저것 하던 내가
너처럼 한 가지에 신중해지고

나도 모르게
널 닮아가고 있어.

네가 진짜 왕자가 아니라도 상관없어.
널 처음 보고, 아, 드디어 나타났구나,
소리를 지를 뻔했다니까.

난 인어가 아니야.

튼튼한 다리가 있어서

너와 세상 곳곳을 누빌 수 있어.

우리, 파리 산책하자.
하루 종일 미술관을 헤매고 다녀도 좋을 거야.
루브르 앞에서 하루 종일 줄을 서면 어때.
바카라 뮤지움에 가면 거울과 거울 사이, 너와 나를 찾고.

체코에 가면 마리오네트(줄인형)를
꼭 봐야 해.
친절한 줄인형 가게에서
줄인형 움직이는 방법도 배워보고.

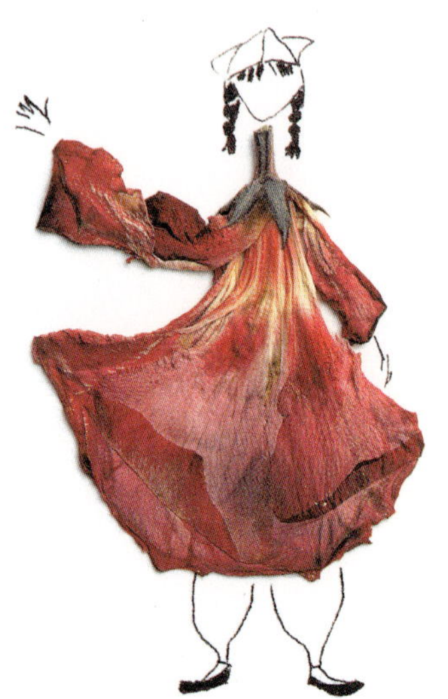

만리장성에선 날 업고 올라가 줘.

너와 함께라면 번지점프도
무섭지 않을 거야.

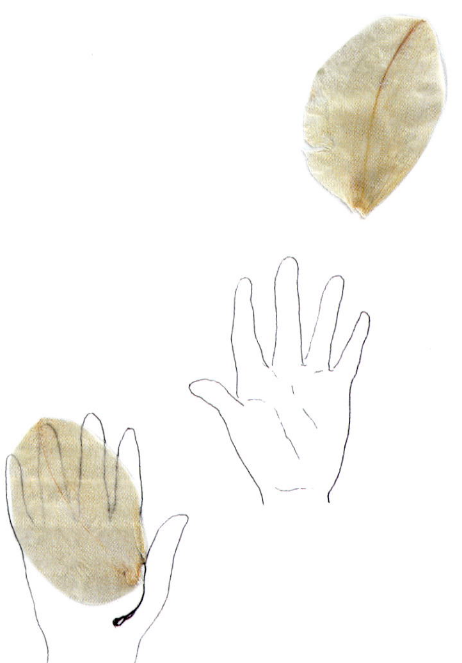

제일 이쁜 사람이 될게, 너에게.
네가 내 머리를 쓰다듬으면
세상에서 제일 착한 사람이 될게.

맛있는 빵
사과 몇 알
돗자리와 풀
네가 읽어주는 책 두 페이지
눈 감고 듣는 즐거운 나.

너와 함께 쉬고 싶어.
너와 함께 말하고 싶어.

내가 이불을 꿰맬 때
네가 옆에서 선잠이 드는 평화를 가질 수 있다면,
네가 밤샘 작업을 할 때
내가 그 옆에서 새우잠을 자는 나눔을 가질 수 있다면.

어깨를 빌려주고 가슴을 내어주고
네가 나에게
내가 너에게
스며들겠지

스펀지처럼.

우리가 서로 사랑하면
세상의 모서리 한 부분이 둥글어질 거야.

컴퓨터 키보드가 시를 쓰고
책이 팔랑팔랑 넘어가며 흥얼거리고

바다는 신이 나서 서핑을 할 거야.
인어공주가 굿럭을 외치고
하나님이 박수 치실 거야.

어두웠던 무대에 불이 켜지고
세상에서 제일 신나는 쇼가 시작될 거야.

러시아에서 온 발레리나들이
행복한 춤을 추고

조수미와 이은미와 음표 부인이 달려와
축하송을 불러줄 거야.

모두
둥글게 손을 잡고 강강술래를 하며,
우리 머리 위로 축하의 인사를 던져줄 거야.

우리의 사랑을 위하여 건배!

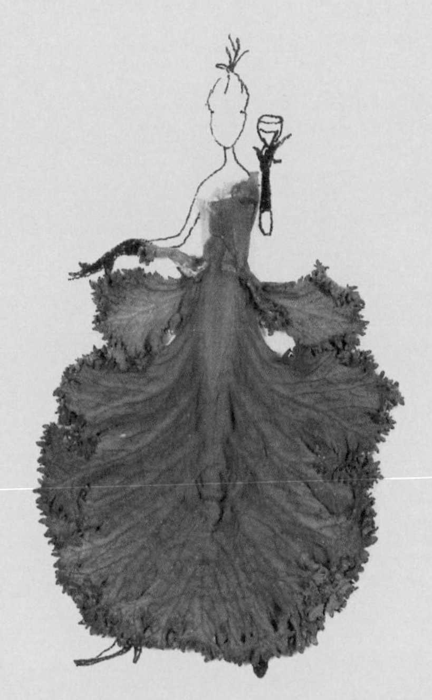

당신들의 사랑을 위하여 건배!

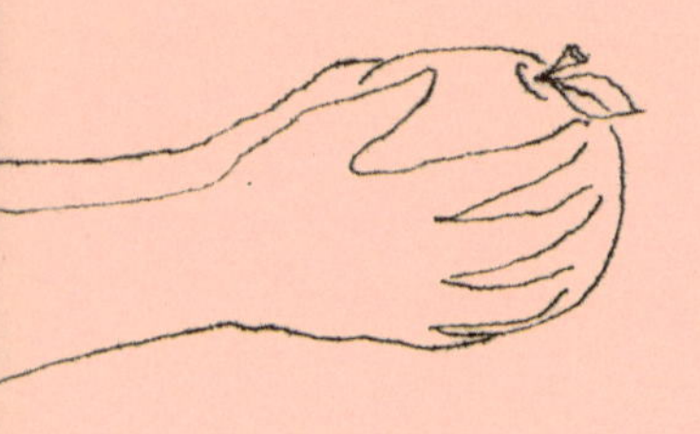

사과 한 알 달랑 들고 와도 좋아.

내게 오기까지 많은 날들이 있었다고
헤쳐나가야 할 것들이 많았다고
결국 나를 만나기 위한 것이었다고,
길게 설명하지 않아도 돼.
그냥 웃으며 널 맞을게.

할머니가 될 때까지 날 기다리게 하진 않겠지?
되도록 빨리 와 줘.
너와 함께하고 싶은 일이 너무 많아.

살아가는 동안 내게
늘 말해줘.
무슨 일이 있어도,
‘나와 함께 가자, 영원히’
라고.

지금,
나는,
그러니까,
너에게 프러포즈를 하는 거야.

내 사랑을 다 읽었니?

우리는 말아야합니다, 라는 말하라는
사랑을 꼭 만나기를,
그래서 둘이 세상에서 제일
행복한 이야기들을 찾기를.

백은하

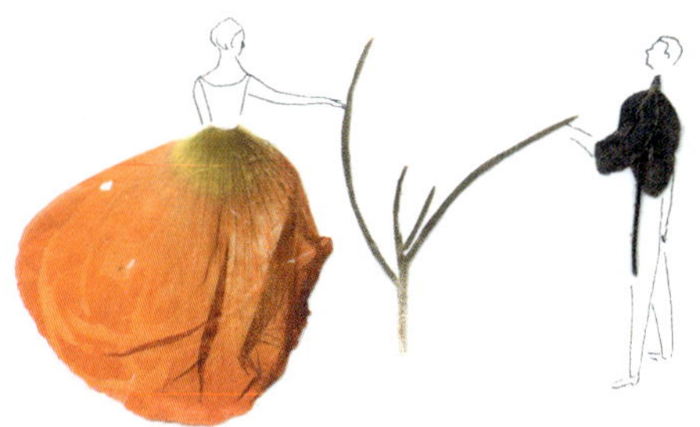

내 프러포즈를 받아줄래?

초판 1쇄 인쇄 2008년 3월 21일 초판 1쇄 발행 2008년 3월 28일

지은이 백은하 **펴낸이** 김태영
기획 이진아 컨텐츠 컬렉션

비지니스 3파트장_분사장 박선영 **책임편집** 오유미
1팀_양은하 도은주 2팀_오유미 가정실 김세희 3팀_최혜진 한수미 정지연
4팀_이효선 성화현 조지혜 디자인_김정숙 하은혜 차기윤
마케팅 분사_송재광 박신용

상무 신화섭 **감사** 김영진
신규사업 노진선미 이화진 황현주 **외서기획** 이영지
인터넷사업 정은선 왕인정 김미애 정진 **홍보** 임태순 허형식
광고 정소연 김혜선 이세윤 이둘숙 허윤경
영업분사_영업 권대관 김형준 **특수판촉** 최진 **영업관리** 김은실 이재희
본사_본사장 하인숙 **경영혁신** 김성자 **재무** 김도환 고은미 봉소아 최준용
제작 이재승 송현주 **HR기획** 송진혁 양세진
교육사업파트 이채우 김현종 우규휘 이선지

펴낸곳 (주)위즈덤하우스 **출판등록** 2000년 5월 23일 제13-1071호
주소 서울시 마포구 도화 1동 22번지 창강빌딩 15층 **전화** 704-3861 **팩스** 704-3891
전자우편 yedam1@wisdomhouse.co.kr **홈페이지** www.wisdomhouse.co.kr
출력 미광원색사 **종이** 화인페이퍼 **인쇄** (주)현문인쇄 **제본** 신안제책사

값 9,800원
ISBN 978-89-5913-294-2 03810
ⓒ 백은하, 2008
* 잘못된 책은 바꿔드립니다.
* 이 책의 내용과 편집 체재의 무단 전재 및 복제를 금합니다.

*이 도서의 국립중앙도서관 출판시도서목록(CIP)은 e-CIP 홈페이지(http://nl.go.kr/cip.php)에서
 이용하실 수 있습니다. (CIP 제어번호 : CIP2008000880)

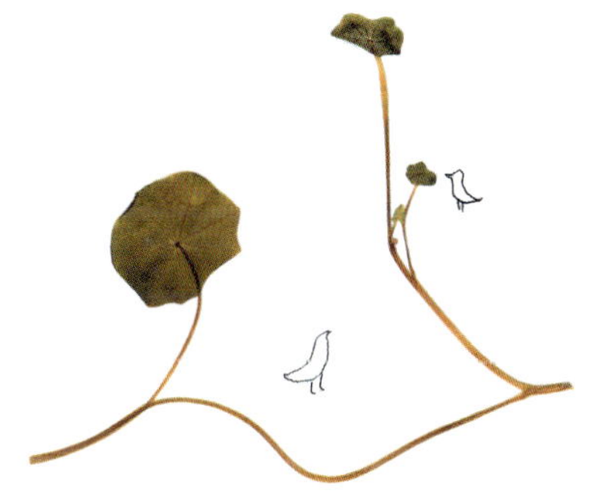